作者的話：

走在路上，看到路邊開著美麗的花朵，順手摘下帶回家去。
很多人會以為這樣是理所當然的事情。
但人們想要的或是喜歡地東西，多如天上的星星，
每樣東西都可以自以為是地摘下帶回家嗎？
希望透過本書讓小朋友知道，
不管你有多喜歡或想要一樣東西，都不能隨便的帶走喔！

不一樣的禮物

作者／秦儀　繪者／張倩華

文房香港

媽 媽 的 生 日 快 到 了 ，
Mā ma de shēng rì kuài dào le
米 米 想 ：
Mǐ mǐ xiǎng
「 該 送 甚 麼 給 媽 媽 好 呢 ？」
Gāi sòng shén me gěi mā ma hǎo ne

今天是媽媽的生日，
Jīn tiān shì mā ma de shēng rì

米米來到張媽媽的花園，
Mǐ mǐ lái dào zhāng mā ma de huā yuán

挑選最漂亮的花朵送給媽媽。
Tiāo xuǎn zuì piāo liàng de huā duǒ sòng gěi mā ma

回家路上，米米看到陳阿姨家的樹上
Huí jiā lù shàng, Mǐ mǐ kàn dào chén ā yí jiā de shù shàng
長着又大又紅的蘋果。
zhǎng zhe yòu dà yòu hóng de píng guǒ
心想：蘋果，
Xīn xiǎng: píng guǒ,
「媽媽一定會喜歡蘋果，
Mā ma yí dìng huì xǐ huān píng guǒ
還會做成蘋果派給我吃。」
hái huì zuò chéng píng guǒ pài gěi wǒ chī

米米走着走着，
Mǐ mǐ zǒu zhe zǒu zhe

米米看到王爺爺家窗台放着一條美麗的項鏈，
Mǐ mǐ kàn dào wáng yé yé jiā chuāng tái fàng zhe yì tiáo měi lì de xiàng liàn

米米又想：
Mǐ mǐ yòu xiǎng

「項鏈好漂亮，媽媽一定會喜歡，
Xiàng liàn hǎo piāo liàng mā ma yí dìng huì xǐ huān

就把項鏈放進小袋子裏。」
jiù bǎ xiàng liàn fàng jìn xiǎo dài zǐ lǐ

米米的小袋子裏，裝滿了禮物，開心的滿載而歸。
回到家一看到媽媽，
就大聲地說：「生日快樂！」

媽媽看到禮物，問米米說：
Mā ma kàn dào lǐ wù wèn Mǐ mǐ shuō
「這些禮物是哪裏來的呢？」
Zhè xiē lǐ wù shì nǎ lǐ lái de ne

米 米 把 **撿 取** 禮 物 的 經 過 ， 告 訴 了 媽 媽 。
Mǐ mǐ bǎ jiǎn qǔ lǐ wù de jīng guò gào sù le mā ma

「米米……這真是糟糕的生日禮物……」
媽媽難過地說。

為甚麼？媽媽不喜歡玫瑰花、
蘋果和項鏈嗎？

你 沒 經 過 同 意 ， 就 拿 了 人 家 的 東 西 ，
Nǐ méi jīng guò tóng yì jiù ná le rén jiā de dōng xi

不 論 是 多 好 的 禮 物 ， 也 變 得 不 好 了 。
bú lùn shì duō hǎo de lǐ wù yě biàn de bù hǎo le

沒 有 經 過 同 意 就 隨 便 拿 別 人 的 東 西 ，
Méi yǒu jīng guò tóng yì jiù suí biàn ná bié rén de dōng xi

就 像 是 小 偷 一 樣 ， 媽 媽 不 能 要 。
jiù xiàng shì xiǎo tōu yí yàng mā ma bù néng yào

米 米 嚇 壞 了 ，
Mǐ mǐ xià huài le

他 沒 想 要 偷 東 西 ，
tā méi xiǎng yào tōu dōng xi

但是，
他真的沒有問過別人同意⋯⋯

嗚…………媽媽…………
Wū　　　　Mā mā
我　只　是　想　要　你　高　興…………
Wǒ zhǐ shì xiǎng yào nǐ gāo xìng
我　不　知　道　，
Wǒ bú zhī dào
這　樣　是　不　對　的　！
zhè yàng shì bú duì de

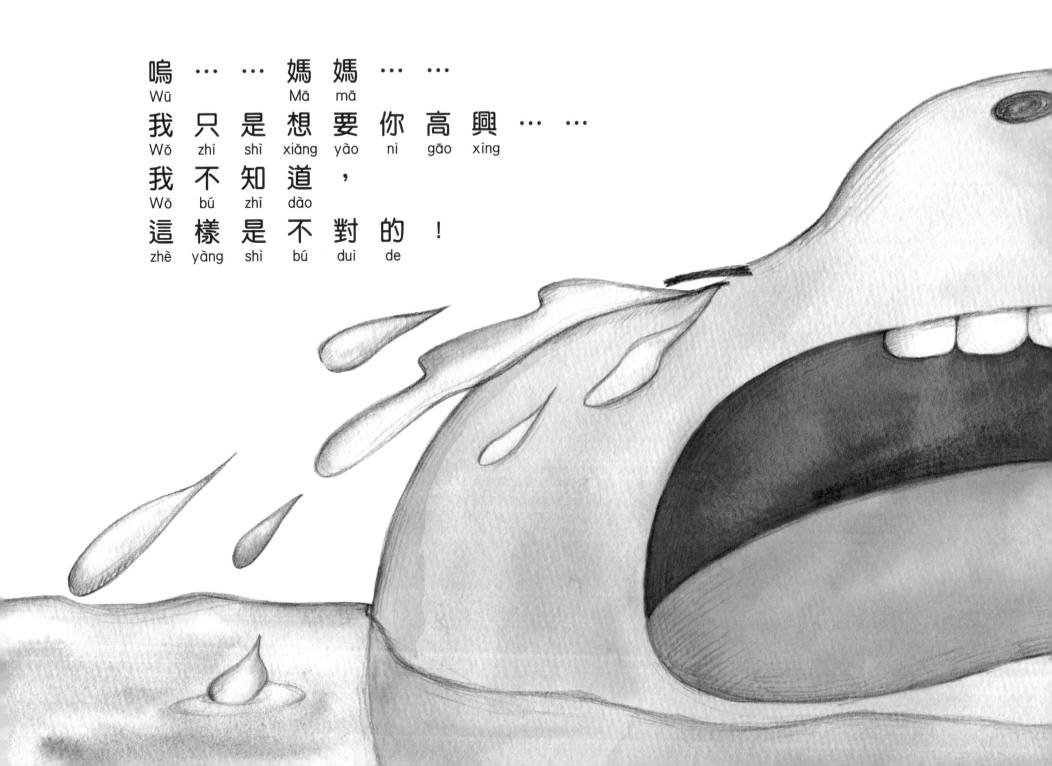

「我們去道歉，把東西還給鄰居的媽媽阿姨安慰米米爺爺說吧！」。

Wǒ men qù dào qiàn， bǎ dōng xi hái gěi lín jū de ā ma yí hé yé ye ba Mā ma ān wèi Mǐ mǐ shuō

我 害 怕 ， 我 們 偷 偷 放 回 去 好 嗎 ？
Wǒ hài pà ， wǒ men tōu tōu fàng huí qù hǎo ma

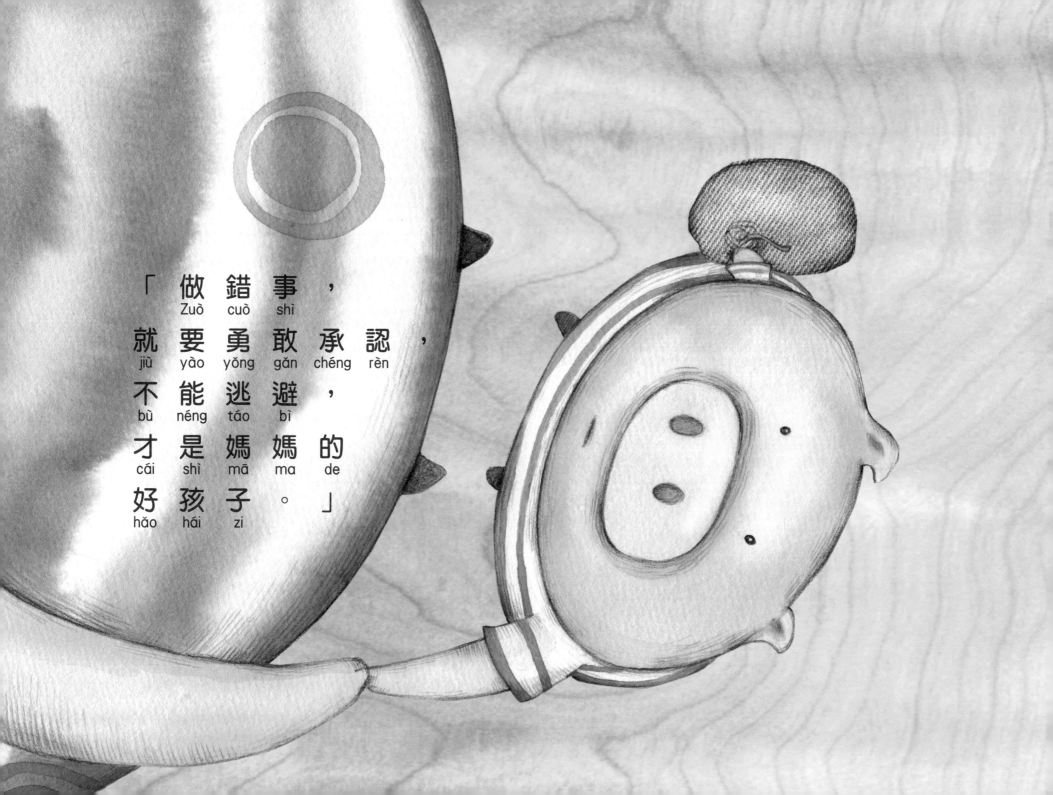

「做錯事，敢承認，不逃避媽媽的，才能是孩子。」就要勇敢避媽媽。

「做錯事，敢承認，不逃避媽媽的，才能是孩子。」

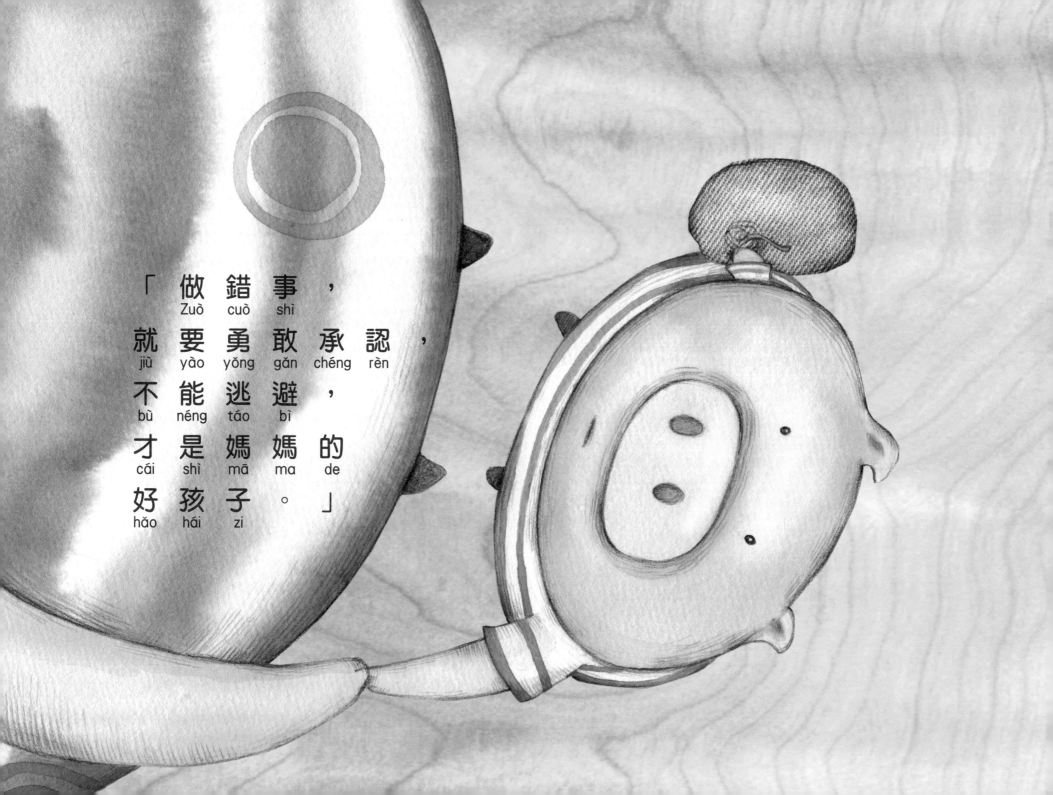

「做錯事，敢承認，不逃避媽媽的，才能是孩子。」

事（shì）敢（gǎn）承認（chéng rèn），避媽媽（bì mā ma）的（de）。」
錯（cuò）勇（yǒng）逃（táo）
做（Zuò）要（yào）能（néng）是（shì）孩（hái）子（zi）
「就（jiù）不（bù）才（cái）好（hǎo）

張媽媽：「啊！好不容易開花的玫瑰，怎麼被人剪走了？」
Zhāng mā ma　Ā　Hǎo bù róng yì kāi huā de méi guī　zěn me bèi rén jiǎn zǒu le

陳阿姨：「我等着蘋果成熟要做蘋果派的，真是失望……」
Chén ā yí　Wǒ děng zhe píng guǒ chéng shóu yào zuò píng guǒ pài de　zhēn shì shī wàng

王爺爺：「充滿回憶的項鏈不見了，
Wáng yé ye　Chōng mǎn huí yì de xiàng liàn bú jiàn le

那是我第一次送給王奶奶的禮物呢！」
nà shì wǒ dì yī cì sòng gěi wáng nǎi nai de lǐ wù ne

「對不起！都是我不好，請原諒我……」

對不起！我甚麼禮物都沒有，
還讓媽媽陪我去道歉……
米米，
你已經送了媽媽很棒的禮物喔！

你 的 表 現 ， 就 是 送 給 媽 媽 最 好 的 禮 物 喔 ！
Nǐ de biǎo xiàn jiù shì sòng gěi mā ma zuì hǎo de lǐ wù o

「 我 的 表 現 ？ 」 米 米 充 滿 疑 惑 地 想 着 。
Wǒ de biǎo xiàn Mǐ mǐ chōng mǎn yí huò de xiǎng zhe

媽媽說　媽媽　不能
Mā ma shuō　不　能
bù néng

白　明　　不能
bái míng　也　了
bù néng

米　米　米　米
Mǐ mǐ mǐ
shì shén dào bié rén de dōng xi le

雖然，禮物他是別人的東西了
Suī rán，lǐ wù tā shì bié rén de dōng xi le

的但隨便便拿取知道甚別人以後再西了
de Dàn suí biàn ná qǔ zhī dào shén bié rén yǐ de dōng xi le

關於我們 ————————————————————————————————

文房文化事業有限公司自2000年成立以來，以「關懷孩子，引領孩子進入閱讀的世界，培養孩子良好的品格」為宗旨，持續出版各種好書，希望藉由生動的故事培養孩子的閱讀興趣。同時我們也積極鼓勵本土創作，培養本土作家，推動全民寫作的風潮。

多年來，文房文化事業有限公司的各種勵志小說系列，在校園裡廣受學生的喜愛，也深獲老師與家長的認同，並多次榮獲新聞局中小學生優良讀物的推薦。

「小文房系列」以幼稚園大班跟小一、小二的小讀者為主，以活潑的故事及童趣畫風帶入品格教育及社會關懷的觀念，讓孩子在潛移默化中得到養分，非常適合學校師生共讀，也是父母陪伴親子時光閱讀的優良讀物。

作者　　秦儀（本名蘇晉儀）————————————

1992年的東立漫畫新人獎開始正式進入台灣漫畫界，成為職業漫畫家。目前與多家出版社合作，在漫畫月刊上連載，也創作出版漫畫書籍。第一次創作繪本，希望能開拓嶄新的創作路線。

經歷
東立出版社星少女連載
大然出版社TOP.MAX連載
佛光文畫漫畫繪製
文房出版社漫畫繪製
FLASH美術動畫師
3DMAX美術模型師

繪圖　　張倩華/ Chien ————————————

喜歡旅行、美食、瑜珈、大樹和胖狗。不喜歡太多的框框和規矩，所以一頭栽進可以天馬行空、重溫快樂童年的插畫世界。

英國布萊頓大學插畫創作碩士，曾任設計公司全職手繪、大葉大學造型藝術系講師，現職自由接案插畫家；作品散見世界日報、國語日報、聯合報等。

繪本創作曾獲第六、第七屆國語日報兒童文學牧笛獎佳作。

出版作品有：
泰國Chomromdek Publishing House /　《自我中心兒童》個人創作系列繪本
小兵出版社 /《驚嘆號馬戲團》、
《颱風的生日禮物》、《河馬先生搬新家》、
《翅膀種子的秘密》
小熊出版社 /《濕巴答王國》、《萬夫莫敵鳥》、
《巨無霸怪蛙》、《飛天神蠅王》
美育奧福 / 音樂繪本系列等
臉書粉絲專頁：
https://www.facebook.com/chienillustration

4~8歲適讀

品格教育

誠實

不一樣的禮物　　秦 儀 作. 張倩華 圖.

ISBN 978-988-8362-77-6（平裝）
2019年10月初版二刷
定價：HK＄４８

文房 香港
文字　秦儀
繪圖　張倩華
發行人　楊玉清
副總編輯　黃正勇
美術顧問　張放之
審閱　黃琬婷
執行業務　杜伊婷
企劃製作　小文房編輯室
出版者　文房（香港）出版公司

總代理　蘋果樹圖書公司
地址　香港九龍油塘草園街4號　華順工業大廈５樓Ｄ室
電話　（852）31050250
傳真　（852）31050253
電郵　appletree@wtt-mail.com

發行　香港聯合書刊物流有限公司
地址　香港新界大埔汀麗路36號　中華商務印刷大廈３樓
電話　（852）21502100
傳真　（852）24073062
電郵　info@suplogistics.com.hk